Ludwig Uhland

Lieder und Balladen

ausgewählt und mit einem Nachwort versehen von

Hans Mattern

Ludwig Uhland um 1860
Lithographie von Rohrbach

Ludwig Uhland

Lieder und Balladen

ausgewählt und mit einem Nachwort versehen
von

Hans Mattern

BAIER BPB VERLAG

Ludwig Uhlands Volksliedersammlung
Titelseite der Erstausgabe von 1844

LYRISCHE GEDICHTE

Die Kapelle

Droben stehet die Kapelle,
Schauet still ins Tal hinab,
Drunten singt bei Wies und Quelle
Froh und hell der Hirtenknab.

Traurig tönt das Glöcklein nieder,
Schauerlich der Leichenchor;
Stille sind die frohen Lieder,
Und der Knabe lauscht empor.

Droben bringt man sie zu Grabe,
Die sich freuten in dem Tal.
Hirtenknabe, Hirtenknabe!
Dir auch singt man dort einmal.

Des Dichters Abendgang

Ergehst du dich im Abendlicht –
Das ist die Zeit der Dichterwonne -,
So wende stets dein Angesicht
Zum Glanze der gesunknen Sonne!
In hoher Feier schwebt dein Geist,
Du schauest in des Tempels Hallen,
Wo alles Heil'ge sich erschleußt,
Und himmlische Gebilde wallen.
Wann aber um das Heiligtum
Die dunkeln Wolken niederrollen,
Dann ist's vollbracht, du kehrest um,

Beseligt von dem Wundervollen.
In stiller Rührung wirst du gehn,
Du trägst in dir des Liedes Segen;
Das Lichte, das du dort gesehn,
Umglänzt dich mild auf finstern Wegen.

Der König auf dem Turme

Da liegen sie alle, die grauen Höhn,
Die dunkeln Täler in milder Ruh;
Der Schlummer waltet, die Lüfte wehn
Keinen Laut der Klage mir zu.

Für alle hab ich gesorgt und gestrebt,
Mit Sorgen trank ich den funkelnden Wein;
Die Nacht ist gekommen, der Himmel belebt,
Meine Seele will ich erfreun.

O du goldne Schrift durch den Sterneraum!
Zu dir ja schau ich liebend empor.
Ihr Wunderklänge, vernommen kaum,
Wie besäuselt ihr sehnlich mein Ohr!

Mein Haar ist ergraut, mein Auge getrübt,
Die Siegeswaffen hängen im Saal,
Habe Recht gesprochen und Recht geübt,
Wann darf ich rasten einmal?

O selige Rast, wie verlang ich dein!
O herrliche Nacht, wie säumst du so lang,
Da ich schaue der Sterne lichteren Schein
Und höre volleren Klang!

Lied eines Armen

Ich bin so gar ein armer Mann
Und gehe ganz allein.
Ich möchte wohl nur einmal noch
Recht frohen Mutes sein.

In meiner lieben Eltern Haus
War ich ein frohes Kind,
Der bittre Kummer ist mein Teil,
Seit sie begraben sind.

Der Reichen Gärten seh ich blühn,
Ich seh die goldne Saat:
Mein ist der unfruchtbare Weg,
Den Sorg und Mühe trat.

Doch weil' ich gern mit stillem Weh
In froher Menschen Schwarm
Und wünsche jedem guten Tag,
So herzlich und so warm.

O reicher Gott! du ließest doch
Nicht ganz mich freudenleer:
Ein süßer Trost für alle Welt
Ergießt sich himmelher.

Noch steigt in jedem Dörflein ja
Dein heilig Haus empor;
Die Orgel und der Chorgesang
Ertönet jedem Ohr.

Noch leuchtet Sonne, Mond und Stern
So liebevoll auch mir,
Und wann die Abendglocke hallt,
Da red ich, Herr, mit dir.

Einst öffnet jedem Guten sich
Dein hoher Freudensaal,
Dann komm auch ich im Feierkleid
Und setze mich ans Mahl.

Die sanften Tage

Ich bin so hold den sanften Tagen,
Wann in der ersten Frühlingszeit
Der Himmel, blaulich aufgeschlagen,
Zur Erde Glanz und Wärme streut;
Die Täler noch von Eise grauen,
Der Hügel schon sich sonnig hebt,
Die Mädchen sich ins Freie trauen,
Der Kinder Spiel sich neu belebt.

Dann steh ich auf dem Berge droben
Und seh es alles, still erfreut,
Die Brust von leisem Drang gehoben,
Der noch zum Wunsche nicht gedeiht.
Ich bin ein Kind und mit dem Spiele
Der heiteren Natur vergnügt,
In ihre ruhigen Gefühle
Ist ganz die Seele eingewiegt.

Ich bin so hold den sanften Tagen,
Wann ihrer mild besonnten Flur
Gerührte Greise Abschied sagen;

Dann ist die Feier der Natur.
Sie prangt nicht mehr mit Blüt' und Fülle,
All ihre regen Kräfte ruhn,
Sie sammelt sich in süße Stille,
In ihre Tiefen schaut sie nun.

Die Seele, jüngst so hoch getragen,
Sie senket ihren stolzen Flug,
Sie lernt ein friedliches Entsagen,
Erinnerung ist ihr genug.
Da ist mir wohl im sanften Schweigen,
Das die Natur der Seele gab;
Es ist mir so, als dürft ich steigen
Hinunter in mein stilles Grab.

Im Herbste

Seid gegrüßt mit Frühlingswonne,
Blauer Himmel, goldne Sonne!
Drüben auch aus Gartenhallen
Hör ich frohe Saiten schallen.

Ahnest du, o Seele, wieder
Sanfte, süße Frühlingslieder?
Sieh umher die falben Bäume!
Ach! es waren holde Träume.

Schäfers Sonntagslied

Das ist der Tag des Herrn!
Ich bin allein auf weiter Flur;
Noch eine Morgenglocke nur,
Nun Stille nah und fern.

Anbetend knie ich hier.
O süßes Graun! geheimes Wehn!
Als knieten viele ungesehn
Und beteten mit mir.

Der Himmel nah und fern,
Er ist so klar und feierlich,
So ganz, als wollt er öffnen sich.
Das ist der Tag des Herrn!

Gesang der Nonnen

Erhebet euch mit heil'gem Triebe,
Ihr frommen Schwestern, himmelan
Und schwebt auf blühnder Wolkenbahn!
Da leuchtet uns die reinste Sonne,
Da singen wir in Frühlingswonne
Ein Lied von dir, du ew'ge Liebe!

Ob welken alle zarten Blüten
Von dem Genuß der ird'schen Glut:
Du bist ein ewig Jugendblut
Und unsrer Busen stete Fülle,
Die ew'ge Flamme, die wir stille
Am Altar und im Herzen hüten.

Du stiegest nieder, ew'ge Güte,
Du lagst, ein lächelnd Himmelskind,
Im Arm der Jungfrau, süß und lind;
Sie durft aus deinen hellen Augen
Den Glanz der Himmel in sich saugen,
Bis sie die Glorie umglühte.

Du hast mit göttlichem Erbarmen
Am Kreuz die Arme ausgespannt.
Da ruft der Sturm, da dröhnt das Land:
Kommt her, kommt her von allen Orten!
Ihr Tote, sprengt des Grabes Pforten!
Er nimmt euch auf mit offnen Armen.

O Wunderlieb, o Liebeswonne!
Ist diese Zeit ein Schlummer mir,
So träum ich sehnlich nur von dir;
Und ein Erwachen wird es geben,
Da werd ich ganz in dich verschweben,
Ein Glutstrahl in die große Sonne.

Des Knaben Berglied

Ich bin vom Berg der Hirtenknab,
Seh auf die Schlösser all herab;
Die Sonne strahlt am ersten hier,
Am längsten weilet sie bei mir;
Ich bin der Knab vom Berge!

Hier ist des Stromes Mutterhaus;
Ich trink ihn frisch vom Stein heraus;
Er braust vom Fels in wildem Lauf,

Ich fang ihn mit den Armen auf;
Ich bin der Knab vom Berge!

Der Berg, der ist mein Eigentum,
Da ziehn die Stürme rings herum;
Und heulen sie von Nord und Süd,
So überschallt sie doch mein Lied:
Ich bin der Knab vom Berge!

Sind Blitz und Donner unter mir,
So steh ich hoch im Blauen hier;
Ich kenne sie und rufe zu:
Laßt meines Vaters Haus in Ruh!
Ich bin der Knab vom Berge!

Und wann die Sturmglock einst erschallt,
Manch Feuer auf den Bergen wallt,
Dann steig ich nieder, tret ins Glied
Und schwing mein Schwert und sing mein Lied:
Ich bin der Knab vom Berge!

Waldlied

Im Walde geh' ich wohlgemut,
Mir graut vor Räubern nicht;
Ein liebend Herz ist all mein Gut,
Das sucht kein Bösewicht.

Was rauscht, was raschelt durch den Busch?
Ein Mörder, der mir droht?
Mein Liebchen kommt gesprungen, husch!
Und herzt mich fast zu Tod.

Seliger Tod

Gestorben war ich
Vor Liebeswonne:
Begraben lag ich
In ihren Armen;
Erwecket ward ich
Von ihren Küssen;
Den Himmel sah ich
In ihren Augen.

Die Zufriedenen

Ich saß bei jener Linde
Mit meinem trauten Kinde,
Wir saßen Hand in Hand.
Kein Blättchen rauscht' im Winde,
Die Sonne schien gelinde
Herab aufs stille Land.

Wir saßen ganz verschwiegen
Mit innigem Vergnügen,
Das Herz kaum merklich schlug.
Was sollten wir auch sagen?
Was konnten wir uns fragen?
Wir wußten ja genug.

Es mocht' uns nichts mehr fehlen,
Kein Sehnen konnt' uns quälen,
Nichts Liebes war uns fern
Aus liebem Aug' ein Grüßen,
Vom lieben Mund ein Küssen
Gab eins dem andern gern.

Der Sommerfaden

Da fliegt, als wir im Felde gehen,
Ein Sommerfaden über Land,
Ein leicht und licht Gespinst der Feen,
Und knüpft von mir zu ihr ein Band.
Ich nehm ihn für ein günstig Zeichen,
Ein Zeichen, wie die Lieb es braucht.
O Hoffnungen der Hoffnungsreichen,
Aus Duft gewebt, von Luft zerhaucht!

Bauernregel

Im Sommer such ein Liebchen dir
In Garten und Gefild!
Da sind die Tage lang genug,
Da sind die Nächte mild.

Im Winter muß der süße Bund
Schon fest geschlossen sein,
So darfst nicht lange stehn im Schnee
Bei kaltem Mondenschein.

Der Schmied

Ich hör' meinen Schatz,
Den Hammer er schwinget,
Das rauschet, das klinget,
Das dringt in die Weite,
Wie Glockengeläute,
Durch Gassen und Platz.

Am schwarzen Kamin,
Da sitzet mein Lieber,
Doch geh' ich vorüber,
Die Bälge dann sausen,
Die Flammen aufbrausen
Und lodern um ihn.

Frühlingsahnung

O sanfter, süßer Hauch!
Schon weckest du wieder
Mir Frühlingslieder,
Bald blühen die Veilchen auch.

Frühlingsglaube

Die linden Lüfte sind erwacht,
Sie säuseln und weben Tag und Nacht,
Sie schaffen an allen Enden.
O frischer Duft, o neuer Klang!
Nun, armes Herze, sei nicht bang!
Nun muß sich alles, alles wenden.

Die Welt wird schöner mit jedem Tag,
Man weiß nicht, was noch werden mag,
Das Blühen will nicht enden.
Es blüht das fernste, tiefste Tal:
Nun, armes Herz, vergiß der Qual!
Nun muß sich alles, alles wenden.

Frühlingsruhe

O legt mich nicht ins dunkle Grab,
Nicht unter die grüne Erd hinab!
Soll ich begraben sein,
Lieg ich ins tiefe Gras hinein.

In Gras und Blumen lieg ich gern,
Wenn eine Flöte tönt von fern
Und wenn hoch obenhin
Die hellen Frühlingswolken ziehn.

Frühlingsfeier

Süßer, goldner Frühlingstag!
Inniges Entzücken!
Wenn mir je ein Lied gelang,
Sollt es heut nicht glücken?

Doch warum in dieser Zeit
An die Arbeit treten?
Frühling ist ein hohes Fest:
Laßt mich ruhn und beten!

Lob des Frühlings

Saatengrün, Veilchenduft,
Lerchenwirbel, Amselschlag,
Sonnenregen, linde Luft!

Wenn ich solche Worte singe,
Braucht es dann noch großer Dinge,
Dich zu preisen, Frühlingstag?

Frühlingstrost

Was zagst du, Herz, in solchen Tagen,
Wo selbst die Dorne Rosen tragen?

Künftiger Frühling

Wohl blühet jedem Jahre
Sein Frühling, mild und licht,
Auch jener große, klare –
Getrost! er fehlt dir nicht;
Er ist dir noch beschieden
Am Ziele deiner Bahn,
Du ahnest ihn hienieden,
Und droben bricht er an.

Der Ungenannten

Auf eines Berges Gipfel,
Da möcht ich mit dir stehn,
Auf Täler, Waldeswipfel
Mit dir herniedersehn;
Da möcht ich rings dir zeigen
Die Welt im Frühlingsschein
Und sprechen: wär's mein eigen
So wär es mein und dein.

In meiner Seele Tiefen,
O sähst du da hinab,
Wo alle Lieder schliefen,
Die je ein Gott mir gab!
Da würdest du erkennen:

Wenn Echtes ich erstrebt,
Und mag's auch dich nicht nennen,
Doch ist's von dir belebt.

Freie Kunst

Singe, wem Gesang gegeben,
In dem deutschen Dichterwald!
Das ist Freude, das ist Leben,
Wenn's von allen Zweigen schallt.

Nicht an wenig stolze Namen
Ist die Liederkunst gebannt;
Ausgestreuet ist der Samen
Über alles deutsche Land.

Deines vollen Herzens Triebe,
Gib sie keck im Klange frei!
Säuselnd wandle deine Liebe,
Donnernd uns dein Zorn vorbei!

Singst du nicht dein ganzes Leben,
Sing doch in der Jugend Drang!
Nur im Blütenmond erheben
Nachtigallen ihren Sang.

Kann man's nicht in Bücher binden,
Was die Stunden dir verleihn:
Gib ein fliegend Blatt den Winden!
Muntre Jugend hascht es ein.

Fahret wohl, geheime Kunden,
Nekromantik, Alchimie!

Formel hält uns nicht gebunden,
Unsre Kunst heißt Poesie.

Heilig achten wir die Geister,
Aber Namen sind uns Dunst;
Würdig ehren wir die Meister,
Aber frei ist uns die Kunst!

Nicht in kalten Marmorsteinen,
Nicht in Tempeln, dumpf und tot:
In den frischen Eichenhainen
Webt und rauscht der deutsche Gott.

Bitte

Ich bitt' euch, teure Sänger,
Die ihr so geistlich singt,
Führt diesen Ton nicht länger,
So fromm er euch gelingt!
Will einer merken lassen,
Dass er mit Gott es hält,
So muss er keck erfassen
Die arge, böse Welt.

Das Tal

Wie willst du dich mir offenbaren,
Wie ungewohnt, geliebtes Tal?
Nur in den frühsten Jugendjahren
Erschienst du so mir manchesmal.
Die Sonne schon hinabgegangen,
Doch aus den Bächen klarer Schein!

Kein Lüftchen spielt mir um die Wangen,
Doch sanftes Rauschen in dem Hain!

Es duftet wieder alte Liebe,
Es grünet wieder alte Lust;
Ja selbst die alten Liedertriebe
Beleben diese kalte Brust.
Natur! wohl braucht es solcher Stunden,
So innig und so liebevoll,
Wenn dieses arme Herz gesunden,
Das welkende genesen soll.

Bedrängt mich einst die Welt noch bänger,
So such ich wieder dich, mein Tal!
Empfange dann den kranken Sänger
Mit solcher Milde noch einmal!
Und sink ich dann ermattet nieder,
So öffne leise deinen Grund
Und nimm mich auf und schließ ihn wieder
Und grüne fröhlich und gesund!

Abendwolken

Wolken seh ich abendwärts
Ganz in reinste Glut getaucht,
Wolken ganz in Licht zerhaucht,
Die so schwül gedunkelt hatten.
Ja! mir sagt mein ahnend Herz:
Einst noch werden, ob auch spät,
Wann die Sonne niedergeht,
Mir verklärt der Seele Schatten.

Die Lerchen

Welch ein Schwirren, welch ein Flug?
Sei willkommen, Lerchenzug!
Jene streift der Wiese Saum,
Diese rauschet durch den Baum.
Manche schwingt sich himmelan,
Jauchzend auf der lichten Bahn,
Eine, voll von Liedeslust,
Flattert hier in meiner Brust.

Wein und Brot

Solche Düfte sind mein Leben,
Die verscheuchen all mein Leid:
Blühen auf dem Berg die Reben,
Blüht im Tale das Getreid.

Donnern werden bald die Tennen,
Bald die Mühlen rauschend gehn,
Und wenn die sich müde rennen,
Werden sich die Keltern drehn.

Gute Wirtin vieler Zecher!
So gefällt mir's, flink und frisch;
Kommst du mit dem Wein im Becher,
Liegt das Brot schon auf dem Tisch.

Sonnenwende

Nun die Sonne soll vollenden
Ihre längste, schönste Bahn,
Wie sie zögert, sich zu wenden
Nach dem stillen Ozean!
Ihrer Göttin Jugendneige
Fühlt die ahnende Natur,
Und mir dünkt, bedeutsam schweige
Rings die abendliche Flur.

Nur die Wachtel, die sonst immer
Frühe schmälend weckt den Tag,
Schlägt dem überwachten Schimmer
Jetzt noch einen Weckeschlag;
Und die Lerche steigt im Singen
Hochauf aus dem duft'gen Tal,
Einen Blick noch zu erschwingen
In den schon versunknen Strahl.

Der Mohn

Wie dort, gewiegt von Westen,
Des Mohnes Blüte glänzt!
Die Blume, die am besten
Des Traumgotts Schläfe kränzt;
Bald purpurhell, als spiele
Der Abendröte Schein,
Bald weiß und bleich, als fiele
Des Mondes Schimmer ein.

Zur Warnung hört ich sagen,
Daß, der im Mohne schlief,
Hinunter ward getragen
In Träume, schwer und tief;
Dem Wachen selbst geblieben
Sei irren Wahnes Spur,
Die Nahen und die Lieben
Halt' er für Schemen nur.

In meiner Tage Morgen,
Da lag auch ich einmal,
Von Blumen ganz verborgen,
In einem schönen Tal.
Sie dufteten so milde!
Da ward, ich fühlt es kaum,
Das Leben mir zum Bilde,
Das Wirkliche zum Traum.

Seitdem ist mir beständig,
Als wär es so nur recht,
Mein Bild der Welt lebendig,
Mein Traum nur wahr und echt;
Die Schatten, die ich sehe,
Sie sind wie Sterne klar.
O Mohn der Dichtung! wehe
Ums Haupt mir immerdar!

Die Malve

Wieder hab ich dich gesehen,
Blasse Malve! blühst du schon?
Ja! mich traf ein schaurig Wehen,
All mein Frühling welkt davon.
Bist du doch des Herbstes Rose,
Der gesunknen Sonne Kind,
Bist die starre, düftelose,
Deren Blüten keine sind.

Gerne wollt ich dich begrüßen,
Blühtest du nicht rosenfarb,
Lögst du nicht das Rot der Süßen,
Die noch eben glüht' und starb.
Heuchle nicht des Lenzes Dauer!
Du bedarfst des Scheines nicht;
Hast ja schöne, dunkle Trauer,
Hast ja weißes, sanftes Licht.

Reisen

Reisen soll ich, Freunde! reisen,
Lüften soll ich mir die Brust?
Aus des Tagwerks engen Gleisen
Lockt ihr mich zu Wanderlust?
Und doch hab ich tiefer eben
In die Heimat mich versenkt,
Fühle mich, ihr hingegeben,
Freier, reicher, als ihr denkt.

Nie erschöpf ich diese Wege,
Nie ergründ ich dieses Tal,
Und die altbetretnen Stege
Rühren neu mich jedesmal;
Öfters, wenn ich selbst mir sage,
Wie der Pfad doch einsam sei,
Streifen hier am lichten Tage
Teure Schatten mir vorbei.

Wann die Sonne fährt von hinnen,
Kennt mein Herz noch keine Ruh,
Eilt mit ihr von Bergeszinnen
Fabelhaften Inseln zu;
Tauchen dann hervor die Sterne,
Drängt es mächtig mich hinan,
Und in immer tiefre Ferne
Zieh ich helle Götterbahn.

Alt' und neue Jugendträume,
Zukunft und Vergangenheit,
Uferlose Himmelsräume
Sind mir stündlich hier bereit.
Darum, Freunde! will ich reisen;
Weiset Straße mir und Ziel!
In der Heimat stillen Kreisen
Schwärmt das Herz doch allzuviel.

Morgenlied

Noch ahnt man kaum der Sonne Licht,
Noch sind die Morgenglocken nicht
Im finstern Tal erklungen.

Wie still des Waldes weiter Raum!
Die Vöglein zwitschern nur im Traum,
Kein Sang hat sich erschwungen.

Ich hab mich längst ins Feld gemacht
Und habe schon dies Lied erdacht
Und hab es laut gesungen.

Einkehr

Bei einem Wirte, wundermild,
Da war ich jüngst zu Gaste;
Ein goldner Apfel war sein Schild
An einem langen Aste.

Es war der gute Apfelbaum,
Bei dem ich eingekehret;
Mit süßer Kost und frischem Schaum
Hat er mich wohl genähret.

Es kamen in sein grünes Haus
Viel leichtbeschwingte Gäste;
Sie sprangen frei und hielten Schmaus
Und sangen auf das Beste.

Ich fand ein Bett zu süßer Ruh
Auf weichen, grünen Matten;

Der Wirt, er deckte selbst mich zu
Mit seinem kühlen Schatten.

Nun fragt ich nach der Schuldigkeit,
Da schüttelt' er den Wipfel.
Gesegnet sei er allezeit
Von der Wurzel bis zum Gipfel!

Heimkehr

O brich nicht, Steg, du zitterst sehr!
O stürz nicht, Fels, du dräuest schwer!
Welt, geh nicht unter, Himmel, fall nicht ein,
Eh ich mag bei der Liebsten sein!

Die Neige

Frage nicht, warum so rein
Ich die letzte Neige schlürfe?
Und warum kein Tropfen Wein
Mir im Glas verkümmern dürfe?

Frage den, der sterben soll
Mit dem lebendurst'gen Auge,
Ob nicht er noch ganz und voll
Jeden Strahl des Lebens sauge?

Darum zähl ich so genau
Jede Perle edler Reben:
Dieser süße Himmelstau
Ist ein Teil von meinem Leben.

Auf den Tod eines Kindes

Du kamst, du gingst mit leiser Spur,
Ein flücht'ger Gast im Erdenland;
Woher? wohin? Wir wissen nur:
Aus Gottes Hand in Gottes Hand.

Tells Platte

Hier ist das Felsenriff,
drauf Tell aus der Barke gesprungen;
Sieh! ein ewiges Mal hebet dem Kühnen sich hier.
Nicht die Kapelle dort,
wo sie jährliche Messen ihm singen!
Nein! des Mannes Gestalt, siehst du, wie herrlich
sie steht?
Schon mit dem einen Fuße betrat er die heilige Erde,
Stößt mit dem andern hinaus weit das
verzweifelnde Schiff.
Nicht aus Stein ist das Bild noch von Erz, nicht
Arbeit der Hände,
Nur dem geistigen Blick Freier erscheinet es klar;
Und je wilder der Sturm, je höher brauset
die Brandung,
Um so mächtiger nur hebt sich die Heldengestalt.

Märznacht

Horch! wie brauset der Sturm und der
schwellende Strom in der Nacht hin!
Schaurig süßes Gefühl! lieblicher Frühling,
du nahst!

Auf den Tod eines Landgeistlichen

Bleibt abgeschiednen Geistern die Gewalt,
Zu kehren nach dem ird'schen Aufenthalt,
So kehrest du nicht in der Mondennacht,
Wann nur die Sehnsucht und die Schwermut wacht.
Nein! wann ein Sommermorgen niedersteigt,
Wo sich im weiten Blau kein Wölkchen zeigt,
Wo hoch und golden sich die Ernte hebt,
Mit roten, blauen Blumen hell durchwebt,
Dann wandelst du wie einst durch das Gefild
Und grüßest jeden Schnitter freundlich mild.

Auf die Reise

Um Mitternacht, auf pfadlos weitem Meer,
Wann alle Lichter längst im Schiff erloschen,
Wann auch am Himmel nirgends glänzt ein Stern,
Dann glüht ein Lämpchen noch auf dem Verdeck,
Ein Docht, vor Windesungestüm verwahrt,
Und hält dem Steuermann die Nadel hell,
Die ihm untrüglich seine Richtung weist.
Ja! wenn wir's hüten, führt durch jedes Dunkel
Ein Licht uns, stille brennend in der Brust.

An den Unsichtbaren

Du, den wir suchen auf so finstern Wegen,
Mit forschenden Gedanken nicht erfassen,
Du hast dein heilig Dunkel einst verlassen
Und tratest sichtbar deinem Volk entgegen.

Welch süßes Heil, dein Bild sich einzuprägen,
Die Worte deines Mundes aufzufassen!
O selig, die an deinem Mahle saßen!
O selig, der an deiner Brust gelegen!

Drum war es auch kein seltsames Gelüste,
Wenn Pilger ohne Zahl vom Strande stießen,
Wenn Heere kämpften an der fernsten Küs-
te:

Nur um an deinem Grabe noch zu beten
Und um in frommer Inbrunst noch zu küssen
Die heil'ge Erde, die dein Fuß betreten.

Württemberg[1]

Was kann dir aber fehlen,
Mein teures Vaterland?
Man hört ja weit erzählen
Von deinem Segensstand.

Man sagt: du seist ein Garten,
Du seist ein Paradies;
Was kannst du mehr erwarten,
Wenn man dich *selig* pries?

Ein Wort, das sich vererbte,
Sprach jener Ehrenmann:
Wenn man dich gern verderbte,
Daß man es doch nicht kann.

Und ist denn nicht ergossen
Dein Fruchtfeld wie ein Meer?
Kommt nicht der Most geflossen
Von tausend Hügeln her?

Und wimmeln dir nicht Fische
In jedem Strom und Teich?
Ist nicht dein Waldgebüsche
An Wild nur allzu reich?

Treibt nicht die Wollenherde
Auf deiner weiten Alb?
Und nährest du nicht Pferde
Und Rinder allenthalb?

[1] Aus den „Vaterländischen Gedichten“

Hört man nicht fernhin preisen
Des Schwarzwalds stämmig Holz?
Hast du nicht Salz und Eisen
Und selbst ein Körnlein Golds?

Und sind nicht deine Frauen
So häuslich, fromm und treu?
Erblüht in deinen Gauen
Nicht Weinsberg ewig neu?

Und sind nicht deine Männer
Arbeitsam, redlich, schlicht?
Der Friedenswerke Kenner
Und tapfer, wenn man ficht?

Du Land des Korns und Weines,
Du segenreich Geschlecht,
Was fehlt dir? - All und eines:
Das alte, gute Recht.

BALLADEN

Die Vätergruft

Es ging wohl über die Heide
Zur alten Kapell empor
Ein Greis im Waffengeschmeide
Und trat in den dunkeln Chor.

Die Särge seiner Ahnen
Standen die Hall entlang,
Aus der Tiefe tät ihn mahnen
Ein wunderbarer Gesang.

„Wohl hab ich euer Grüßen,
Ihr Heldengeister! gehört,
Eure Reihe soll ich schließen:
Heil mir! ich bin es wert."

Es stand an kühler Stätte
Ein Sarg noch ungefüllt,
Den nahm er zum Ruhebette,
Zum Pfühle nahm er den Schild.

Die Hände tät er falten
Aufs Schwert und schlummert' ein.
Die Geisterlaute verhallten;
Da mocht es gar stille sein.

Das Schloß am Meere

Hast du das Schloß gesehen,
Das hohe Schloß am Meer?
Golden und rosig wehen
Die Wolken drüber her.

Es möchte sich niederneigen
In die spiegelklare Flut;
Es möchte streben und steigen
In der Abendwolken Glut.

„Wohl hab ich es gesehen,
Das hohe Schloß am Meer,
Und den Mond darüber stehen
Und Nebel weit umher.“

Der Wind und des Meeres Wallen
Gaben sie frischen Klang?
Vernahmst du aus hohen Hallen
Saiten und Festgesang?

„Die Winde, die Wogen alle
Lagen in tiefer Ruh,
Einem Klagelied aus der Halle
Hört ich mit Tränen zu.“

Sahest du oben gehen
Den König und sein Gemahl?
Der roten Mäntel Wehen,
Der goldnen Kronen Strahl?

Führten sie nicht mit Wonne
Eine schöne Jungfrau dar,

Herrlich wie eine Sonne,
Strahlend im goldnen Haar?

„Wohl sah ich die Eltern beide,
Ohne der Kronen Licht,
Im schwarzen Trauerkleide;
Die Jungfrau sah ich nicht.“

Der Pilger

Es wallt ein Pilger hohen Dranges,
Er wallt zur sel’gen Gottesstadt,
Zur Stadt des himmlischen Gesanges,
Die ihm der Geist verheißen hat.

„Du klarer Strom, in deinem Spiegel
Wirst du die heil’ge bald umfahn.
Ihr sonnehellen Felsenhügel,
Ihr schaut sie schon von weitem an.

Wie ferne Glocken hör ich’s klingen,
Das Abendrot durchblüht den Hain.
O hätt ich Flügel, mich zu schwingen
Weit über Tal und Felsenreihn!“

Er ist von hoher Wonne trunken,
Er ist von süßen Schmerzen matt,
Und in die Blumen hingesunken,
Gedenkt er seiner Gottesstadt.

„Sie sind zu groß noch, diese Räume,
Für meiner Sehnsucht Flammenqual;

Empfahet ihr mich, milde Träume,
Und zeigt mir das ersehnte Tal!"

Da ist der Himmel aufgeschlagen,
Sein lichter Engel schaut herab:
„Wie sollt ich dir die Kraft versagen,
Dem ich das hohe Sehnen gab!

Die Sehnsucht und der Träume Weben,
Sie sind der weichen Seele süß,
Doch edler ist ein starkes Streben
Und macht den schönen Traum gewiß."

Er schwindet in die Morgendüfte;
Der Pilger springt gestärkt empor,
Er strebet über Berg' und Klüfte,
Er stehet schon am goldnen Tor.

Und sieh! gleich Mutterarmen schließet
Die Stadt der Pforte Flügel auf;
Ihr himmlischer Gesang begrüßet
Den Sohn nach tapfrem Pilgerlauf.

Der Traum

Im schönsten Garten wallten
Zwei Buhlen Hand in Hand,
Zwo bleiche, kranke Gestalten;
Sie saßen ins Blumenland.

Sie küssten sich auf die Wangen,
Und küssten sich auf den Mund,

Sie hielten sich fest umfangen,
Sie wurden jung und gesund.

Zwei Glöcklein klangen helle,
Der Traum entschwand zur Stund:
Sie lag in der Klosterzelle,
Er fern in Turmes Grund.

Der Wirtin Töchterlein

Es zogen drei Bursche wohl über den Rhein,
Bei einer Frau Wirtin, da kehrten sie ein.

„Frau Wirtin! hat Sie gut Bier und Wein?
Wo hat Sie Ihr schönes Töchterlein?"

„Mein Bier und Wein ist frisch und klar,
Mein Töchterlein liegt auf der Totenbahr."

Und als sie traten zur Kammer hinein,
Da lag sie in einem schwarzen Schrein.

Der erste, der schlug den Schleier zurück
Und schaute sie an mit traurigem Blick:

„Ach! lebtest du noch, du schöne Maid!
Ich würde dich lieben von dieser Zeit."

Der zweite deckte den Schleier zu
Und kehrte sich ab und weinte dazu:

„Ach! daß du liegst auf der Totenbahr!
Ich hab dich geliebet so manches Jahr."

Der dritte hub ihn wieder sogleich
Und küßte sie an den Mund so bleich:

„Dich liebt' ich immer, dich lieb ich noch heut
Und werde dich lieben in Ewigkeit."

Die Mähderin

„Guten Morgen, Marie! so frühe schon rüstig und rege?
Dich, treuste der Mägde, dich machet die Liebe nicht träge.
Ja! mähst du die Wiese mir ab von jetzt in drei Tagen,
Nicht dürft ich den Sohn dir, den einzigen, länger versagen."

Der Pächter, der stattlich begüterte, hat es gesprochen.
Marie, wie fühlt sie den liebenden Busen sich pochen!
Ein neues, ein kräftiges Leben durchdringt ihr die Glieder:
Wie schwingt sie die Sense, wie streckt sie die Mahden danieder!

Der Mittag glühet, die Mähder des Feldes ermatten,
Sie suchen zur Labe den Quell und zum Schlummer den Schatten;
Noch schaffen im heißen Gefilde die summenden Bienen;

Marie, sie ruht nicht, sie schafft um die Wette mit
ihnen.

Die Sonne versinkt, es ertönet das Abendgeläute.
Wohl rufen die Nachbarn: „Marie, genug ist's für
heute!"
Wohl ziehen die Mähder, der Hirt und die Herde
von hinnen,
Marie, sie dengelt die Sense zu neuem Beginnen.

Schon sinket der Tau, schon erglänzen der Mond
und die Sterne,
Es duften die Mahden, die Nachtigall schlägt aus
der Ferne:
Marie verlangt nicht zu rasten, verlangt nicht zu
lauschen,
Stets läßt sie die Sense, die kräftig geschwungene,
rauschen.

So fürder von Abend zu Morgen, von Morgen zu
Abend,
Mit Liebe sich nährend, mit seliger Hoffnung sich
labend.
Zum drittenmal hebt sich die Sonne, da ist es ge-
schehen,
Dort seht ihr Marien, die wonniglich weinende,
stehen.

„Guten Morgen, Marie! was seh ich! o fleißige
Hände!
Gemäht ist die Wiese, das lohn ich mit reichlicher
Spende;

Allein mit der Heirat - du nahmest im Ernste mein Scherzen,
Leichtgläubig, man sieht es, und töricht sind liebende Herzen."

Er spricht es und gehet des Wegs; doch der armen Marie
Erstarret das Herz, ihr brechen die bebenden Knie.
Die Sprache verloren, Gefühl und Besinnung geschwunden,
So wird sie, die Mähdrin, dort in den Mahden gefunden.

So lebt sie noch Jahre, so stummer, erstorbener Weise,
Und Honig ein Tropfen, das ist ihr die einzige Speise.
O haltet ein Grab ihr bereit auf der blühenden Wiese!
So liebende Mähdrin gab es doch nimmer wie diese.

Das Ständchen

Was wecken aus dem Schlummer mich
Für süße Klänge doch?
O Mutter, sieh! wer mag es sein
In später Stunde noch?

„Ich höre nichts, ich sehe nichts,
O schlummre fort so lind!
Man bringt dir keine Ständchen jetzt,
Du armes, krankes Kind!“

Es ist nicht irdische Musik,
Was mich so freudig macht;
Mich rufen Engel mit Gesang,
O Mutter, gute Nacht!

Die Orgel

„Noch einmal spielt die Orgel mir,
Mein alter Nachbarsmann!
Versucht es, ob ihr frommer Schall
Mein Herz erquicken kann!“

Die Kranke bat, der Nachbar spielt,
So spielt' er nie vorher,
So rein, so herrlich, nein! er kennt
Sein eigen Spiel nicht mehr.

Es ist ein fremder, sel'ger Klang,
Der seiner Hand entbebt,
Er hält mit Grauen ein, da war
Der Freundin Geist entschwebt.

Der gute Kamerad

Ich hatt' einen Kameraden,
Einen bessern findst du nit.
Die Trommel schlug zum Streite,
Er ging an meiner Seite
In gleichem Schritt und Tritt.

Eine Kugel kam geflogen,
Gilt's mir oder gilt es dir?
Ihn hat es weggerissen,
Er liegt mir vor den Füßen,
Als wär's ein Stück von mir.

Will mir die Hand noch reichen,
Derweil ich eben lad.
Kann dir die Hand nicht geben,
Bleib du im ew'gen Leben
Mein guter Kamerad!

Ritter Paris

Paris ist der schönste Ritter,
Alle Herzen nimmt er hin.
Jede Dame kann's beschwören
An dem Hof der Königin.

Was der schönen Siegeszeichen
Warf das Glück in seinen Schoß!
Briefe, die von Küssen rauschen,
Locken, Ringe, zahlenlos.

Allzu leichter Siege Zeichen!
Ungebetnes Minneglück!

Bann und Fessel nennt euch Paris,
Stößt sein süßes Los zurück.

Schwingt zu Roß sich, schwer gerüstet,
Glüht von edler Heldenlust,
Beut den Frauen all den Rücken,
Beut den Männern keck die Brust.

Doch es will kein Feind sich zeigen,
Frühling waltet im Gefild,
Mit dem Helmbusch spielen Lüftchen,
Sonne spiegelt sich im Schild.

Weit schon ist er so geritten,
Siehe! da an Waldes Tor
Hält ein Ritter, hoch zu Rosse,
Strecket ihm die Lanze vor.

Ritter Paris fliegt zum Kampfe,
Eilte nie zum Reihn so sehr;
Wirft den Gegner stracks zur Erde,
Blickt als Sieger stolz umher;

Naht sich hilfreich dem Geworfnen,
Nimmt ihm ab des Helms Gewicht:
Sieh! da wallen reiche Locken
Um ein zartes Angesicht.

Wie er Schien' und Panzer löset,
Welch ein Busen! welch ein Leib!
Hingegossen ohne Leben,
Liegt vor ihm das schönste Weib.

Würden erst die bleichen Wangen
Röten sich von neuer Glut,
Hüben erst sich diese Wimpern,
Wie dann, Paris, junges Blut?

Ja! schon holt sie tiefen Atem,
Schlägt die Augen zärtlich auf;
Die als wilder Feind gestorben,
Lebt als milde Freundin auf.

Dort, in Stücken, liegt die Hülle,
Die ein starrer Ritter war,
Hier, in Paris' Arm, die Fülle,
Süßer Kern, der Schale bar.

Paris spricht, der schöne Ritter:
„Welcher Sieg nun, welcher Ruhm?
Soll mir nie ein Strauß gelingen
In dem ernsten Rittertum?

Wandelt stets, was ich berühre,
Sich in Scherz und Liebe mir?
Minneglück, das mich verfolget,
Zürn' ich oder dank' ich dir?"

Bertran de Born

Droben auf dem schroffen Steine
Raucht in Trümmern Autafort,
Und der Burgherr steht gefesselt
Vor des Königs Zelte dort:
„Kamst du, der mit Schwert und Liedern
Aufruhr trug von Ort zu Ort,
Der die Kinder aufgewiegelt
Gegen ihres Vaters Wort?

Steht vor mir, der sich gerühmet
In vermeßner Prahlerei,
Daß ihm nie mehr als die Hälfte
Seines Geistes nötig sei?
Nun der halbe dich nicht rettet,
Ruf den ganzen doch herbei,
Daß er neu dein Schloß dir baue,
Deine Ketten brech entzwei!“

„Wie du sagst, mein Herr und König!
Steht vor dir Bertran de Born,
Der mit einem Lied entflammte
Perigord und Ventadorn,
Der dem mächtigen Gebieter
Stets im Auge war ein Dorn,
Dem zuliebe Königskinder
Trugen ihres Vaters Zorn.

Deine Tochter saß im Saale,
Festlich, eines Herzogs Braut,
Und da sang vor ihr mein Bote,
Dem ein Lied ich anvertraut,
Sang, was einst ihr Stolz gewesen,

Ihres Dichters Sehnsuchtlaut,
Bis ihr leuchtend Brautgeschmeide
Ganz von Tränen war betaut.

Aus des Ölbaums Schlummerschatten
Fuhr dein bester Sohn empor,
Als mit zorn'gen Schlachtgesängen
Ich bestürmen ließ sein Ohr.
Schnell war ihm das Roß gegürtet,
Und ich trug das Banner vor,
Jenem Todespfeil entgegen,
Der ihn traf vor Montforts Tor.

Blutend lag er mir im Arme;
Nicht der scharfe, kalte Stahl –
Daß er sterb in deinem Fluche,
Das war seines Sterbens Qual.
Strecken wollt er dir die Rechte
Über Meer, Gebirg und Tal,
Als er deine nicht erreichet,
Drückt' er meine noch einmal.

Da, wie Autafort dort oben,
Ward gebrochen meine Kraft;
Nicht die ganze, nicht die halbe
Blieb mir, Saite nicht noch Schaft.
Leicht hast du den Arm gebunden,
Seit der Geist mir liegt in Haft;
Nur zu einem Trauerliede
Hat er sich noch aufgerafft."

Und der König senkt die Stirne:
„Meinen Sohn hast du verführt,
Hast der Tochter Herz verzaubert,

Hast auch meines nun gerührt.
Nimm die Hand, du Freund des Toten!
Die verzeihend ihm gebührt.
Weg die Fesseln! Deines Geistes
Hab ich einen Hauch verspürt."

Die Ulme zu Hirsau

Zu Hirsau in den Trümmern,
Da wiegt ein Ulmenbaum
Frischgrünend seine Krone
Hoch überm Giebelsaum.

Er wurzelt tief im Grunde
Vom alten Klosterbau,
Er wölbt sich statt des Daches
Hinaus in Himmelsblau.

Weil des Gemäuers Enge
Ihm Luft und Sonne nahm,
So trieb's ihn hoch und höher,
Bis er zum Lichte kam.

Es ragen die vier Wände,
Als ob sie nur bestimmt,
Den kühnen Wuchs zu schirmen,
Der zu den Wolken klimmt.

Wenn dort im grünen Tale
Ich einsam mich erging,
Die Ulme war's, die hehre,
Woran mein Sinnen hing.

Wenn in dem dumpfen, stummen
Getrümmer ich gelauscht,
Da hat ihr reger Wipfel
Im Windesflug gerauscht.

Ich sah ihn oft erglühen
Im ersten Morgenstrahl;
Ich sah ihn noch erleuchtet,
Wann schattig rings das Tal.

Zu Wittenberg im Kloster
Wuchs auch ein solcher Strauß
Und brach mit Riesenästen
Zum Klausendach hinaus.

O Strahl des Lichts! du dringest
Hinab in jede Gruft.
O Geist der Welt! du ringest
Hinauf in Licht und Luft.

Die Rache

Der Knecht hat erstochen den edeln Herrn,
Der Knecht wär selber ein Ritter gern.

Er hat ihn erstochen im dunkeln Hain
Und den Leib versenket im tiefen Rhein.

Hat angeleget die Rüstung blank,
Auf des Herren Roß sich geschwungen frank.

Und als er sprengen will über die Brück,
Da stutzet das Roß und bäumt sich zurück.

Und als er die güldnen Sporen ihm gab,
Da schleudert's ihn wild in den Strom hinab.

Mit Arm, mit Fuß er rudert und ringt,
Der schwere Panzer ihn niederzwingt.

König Karls Meerfahrt

Der König Karl fuhr über Meer
Mit seinen zwölf Genossen,
Zum heil'gen Lande steuert' er
Und ward vom Sturm verstoßen.

Da sprach der kühne Held Roland:
„Ich kann wohl fechten und schirmen,
Doch hält mir diese Kunst nicht stand
Vor Wellen und vor Stürmen.“

Dann sprach Herr Holger aus Dänemark:
„Ich kann die Harfe schlagen;
Was hilft mir das, wenn also stark
Die Wind und Wellen jagen?“

Herr Oliver war auch nicht froh,
Er sah auf seine Wehre:
„Es ist mir um mich selbst nicht so
Wie um die Altekläre.“

Dann sprach der schlimme Ganelon,
Er sprach es nur verstohlen:
„Wär ich mit guter Art davon,
Möcht euch der Teufel holen!“

Erzbischof Turpin seufzte sehr:
„Wir sind die Gottesstreiter;
Komm, liebster Heiland, über das Meer
Und führ uns gnädig weiter!“

Graf Richard Ohnefurcht hub an:
„Ihr Geister aus der Hölle!
Ich hab euch manchen Dienst getan,
Jetzt helft mir von der Stelle!“

Herr Naime diesen Ausspruch tat:
„Schon vielen riet ich heuer,
Doch süßes Wasser und guter Rat
Sind oft zu Schiffe teuer.“

Da sprach der graue Herr Riol:
„Ich bin ein alter Degen,
Und möchte meinen Leichnam wohl
Dereinst ins Trockne legen.“

Es war Herr Gui, ein Ritter fein,
Der fing wohl an zu singen:
„Ich wollt, ich wär ein Vögelein,
Wollt mich zu Liebchen schwingen.“

Da sprach der edle Graf Garein:
„Gott helf uns aus der Schwere!
Ich trink viel lieber den roten Wein
Als Wasser in dem Meere.“

Herr Lambert sprach, ein Jüngling frisch:
„Gott woll uns nicht vergessen!
Äß lieber selbst ‘nen guten Fisch,
Statt daß mich Fische fressen.“

Da sprach Herr Gottfried lobesan:
„Ich laß mir's halt gefallen,
Man richtet mir nicht anders an
Als meinen Brüdern allen.“

Der König Karl am Steuer saß,
Der hat kein Wort gesprochen,
Er lenkt das Schiff mit festem Maß,
Bis sich der Sturm gebrochen.

Das Glück von Edenhall

Von Edenhall der junge Lord
Läßt schmettern Festtrommetenschall,
Er hebt sich an des Tisches Bord
Und ruft in trunkner Gäste Schwall:
„Nun her mit dem Glücke von Edenhall!“

Der Schenk vernimmt ungern den Spruch,
Des Hauses ältester Vasall,
Nimmt zögernd aus dem seidnen Tuch
Das hohe Trinkglas von Kristall,
Sie nennen's: das Glück von Edenhall.

Darauf der Lord: „Dem Glas zum Preis
Schenk Roten ein aus Portugal!“
Mit Händezittern gießt der Greis,
Und purpurn Licht wird überall,
Es strahlt aus dem Glücke von Edenhall!

Da spricht der Lord und schwingt's dabei:
„Dies Glas von leuchtendem Kristall
Gab meinem Ahn am Quell die Fei,
Drein schrieb sie: kommt dies Glas zu Fall,
Fahr wohl dann, o Glück von Edenhall!

Ein Kelchglas ward zum Los mit Fug
Dem freud'gen Stamm von Edenhall;
Wir schlürfen gern in vollem Zug,
Wir läuten gern mit lautem Schall;
Stoßt an mit dem Glücke von Edenhall!“

Erst klingt es milde, tief und voll,
Gleich dem Gesang der Nachtigall,

Dann wie des Waldstroms laut Geroll,
Zuletzt erdröhnt wie Donnerhall
Das herrliche Glück von Edenhall.

„Zum Horte nimmt ein kühn Geschlecht
Sich den zerbrechlichen Kristall;
Er dauert länger schon als recht,
Stoßt an! mit diesem kräft'gen Prall
Versuch ich das Glück von Edenhall."

Und als das Trinkglas gellend springt,
Springt das Gewölb mit jähem Knall,
Und aus dem Riß die Flamme dringt;
Die Gäste sind zerstoben all
Mit dem brechenden Glücke von Edenhall.

Ein stürmt der Feind mit Brand und Mord,
Der in der Nacht erstieg den Wall,
Vom Schwerte fällt der junge Lord,
Hält in der Hand noch den Kristall,
Das zersprungene Glück von Edenhall.

Am Morgen irrt der Schenk allein,
Der Greis, in der zerstörten Hall,
Er sucht des Herrn verbrannt Gebein,
Er sucht im grausen Trümmerfall
Die Scherben des Glücks von Edenhall.

„Die Steinwand", spricht er, „springt zu Stück,
Die hohe Säule muß zu Fall,
Glas ist der Erde Stolz und Glück,
In Splitter fällt der Erdenball
Einst gleich dem Glücke von Edenhall."

Der letzte Pfalzgraf

Ich Pfalzgraf Götz von Tübingen
Verkaufe Burg und Stadt
Mit Leuten, Gülten, Feld und Wald,
Der Schulden bin ich satt.

Zwei Rechte nur verkauf ich nicht,
Zwei Rechte, gut und alt:
Im Kloster eins, mit schmuckem Turm,
Und eins im grünen Wald.

Am Kloster schenkten wir uns arm
Und bauten uns zugrund,
Dafür der Abt mir füttern muß
Den Habicht und den Hund.

Im Schönbuch, um das Kloster her,
Da hab ich das Gejaid,
Behalt ich das, so ist mir nicht
Um all mein andres leid.

Und hört ihr Mönchlein eines Tags
Nicht mehr mein Jägerhorn,
Dann zieht das Glöcklein, sucht mich auf!
Ich lieg am schatt'gen Born.

Begrabt mich unter breiter Eich
Im grünen Vogelsang
Und lest mir eine Jägermeß!
Die dauert nicht zu lang.

Der Überfall im Wildbad[1]

In schönen Sommertagen, wann lau die Lüfte wehn,
Die Wälder lustig grünen, die Gärten blühend stehn,
Da ritt aus Stuttgarts Toren ein Held von stolzer Art,
Graf Eberhard der Greiner, der alte Rauschebart.

Mit wenig Edelknechten zieht er ins Land hinaus,
Er trägt nicht Helm noch Panzer, nicht geht's auf blut'gen Strauß,
Ins Wildbad will er reiten, wo heiß ein Quell entspringt,
Der Sieche heilt und kräftigt, der Greise wieder jüngt.

Zu Hirsau bei dem Abte, da kehrt der Ritter ein
Und trinkt bei Orgelschalle den kühlen Klosterwein.
Dann geht's durch Tannenwälder ins grüne Tal gesprengt,
Wo durch ihr Felsenbette die Enz sich rauschend drängt.

Zu Wildbad an dem Markte, da steht ein stattlich Haus,
Es hängt daran zum Zeichen ein blanker Spieß heraus,
Dort steigt der Graf vom Rosse, dort hält er gute Rast,
Den Quell besucht er täglich, der ritterliche Gast.

[1] Aus dem Balladenzyklus „Graf Eberhard der Rauschebart“

Wann er sich dann entkleidet und wenig ausgeruht
Und sein Gebet gesprochen, so steigt er in die Flut;
Er setzt sich stets zur Stelle, wo aus dem Felsenspalt
Am heißesten und vollsten der edle Sprudel wallt.

Ein angeschoßner Eber, der sich die Wunde wusch,
Verriet voreinst den Jägern den Quell in Kluft und Busch,
Nun ist's dem alten Recken ein lieber Zeitvertreib,
Zu waschen und zu strecken den narbenvollen Leib.

Da kommt einsmals gesprungen sein jüngster Edelknab:
„Herr Graf! es zieht ein Haufe das obre Tal herab.
Sie tragen schwere Kolben, der Hauptmann führt im Schild
Ein Röslein rot von Golde und einen Eber wild.“

„Mein Sohn! das sind die Schlegler, die schlagen kräftig drein-
Gib mir den Leibrock, Junge! -, das ist der Eberstein,
Ich kenne wohl den Eber, er hat so grimmen Zorn,
Ich kenne wohl die Rose, sie führt so scharfen Dorn.“

Da kommt ein armer Hirte in atemlosem Lauf:
„Herr Graf! es zieht 'ne Rotte das untre Tal herauf.
Der Hauptmann führt drei Beile, sein Rüstzeug glänzt und gleißt,
Daß mir's wie Wetterleuchten noch in den Augen beißt.“

„Das ist der Wunnensteiner, der gleißend' Wolf genannt-
Gib mir den Mantel, Knabe! -, der Glanz ist mir bekannt,
Er bringt mir wenig Wonne, die Beile hauen gut -
Bind mir das Schwert zur Seite! -, der Wolf, der lechzt nach Blut.

Ein Mägdlein mag man schrecken, das sich im Bade schmiegt,
Das ist ein lustig Necken, das niemand Schaden fügt,
Wird aber überfallen ein alter Kriegesheld,
Dann gilt's, wenn nicht sein Leben, doch schweres Lösegeld."

Da spricht der arme Hirte: „Des mag noch werden Rat,
Ich weiß geheime Wege, die noch kein Mensch betrat,
Kein Roß mag sie ersteigen, nur Geißen klettern dort,
Wollt Ihr sogleich mir folgen, ich bring Euch sicher fort."

Sie klimmen durch das Dickicht den steilsten Berg hinan,
Mit seinem guten Schwerte haut oft der Graf sich Bahn,
Wie herb das Fliehen schmecke, noch hat er's nie vermerkt,
Viel lieber möcht er fechten, das Bad hat ihn gestärkt.

In heißer Mittagsstunde bergunter und bergauf!
Schon muß der Graf sich lehnen auf seines Schwertes Knauf.
Darob erbarmt's den Hirten des alten, hohen Herrn,
Er nimmt ihn auf den Rücken: „Ich tu's von Herzen gern."

Da denkt der alte Greiner: „Es tut doch wahrlich gut,
So sänftlich sein getragen von einem treuen Blut;
In Fährden und in Nöten zeigt erst das Volk sich echt,
Drum soll man nie zertreten sein altes, gutes Recht."

Als drauf der Graf gerettet zu Stuttgart sitzt im Saal,
Heißt er 'ne Münze prägen als ein Gedächtnismal,
Er gibt dem treuen Hirten manch blankes Stück davon,
Auch manchem Herrn vom Schlegel verehrt er eins zum Hohn.
Dann schickt er tücht'ge Maurer ins Wildbad alsofort,
Die sollen Mauern führen rings um den offnen Ort,
Damit in künft'gen Sommern sich jeder greise Mann,
Von Feinden ungefährdet, im Bade jüngen kann.

Der Schenk von Limburg

Zu Limburg auf der Veste,
Da wohnt' ein edler Graf,
Den keiner seiner Gäste
Jemals zu Hause traf.
Er trieb sich allerwegen
Gebirg und Wald entlang,
Kein Sturm und auch kein Regen
Verleidet' ihm den Gang.

Er trug ein Wams von Leder
Und einen Jägerhut
Mit mancher wilden Feder,
Das steht den Jägern gut;
Es hing ihm an der Seiten
Ein Trinkgefäß von Buchs;
Gewaltig konnt er schreiten
Und war von hohem Wuchs.

Wohl hatt er Knecht' und Mannen
Und hatt ein tüchtig Roß,
Ging doch zu Fuß von dannen
Und ließ daheim den Troß.
Es war sein ganz Geleite
Ein Jagdspieß, stark und lang,
An dem er über breite
Waldströme kühn sich schwang.

Nun hielt auf Hohenstaufen
Der deutsche Kaiser Haus,
Der zog mit hellem Haufen
Einsmals zu jagen aus.
Er rannt auf eine Hinde

So heiß und hastig vor,
Daß ihn sein Jagdgesinde
Im wilden Forst verlor.

Bei einer kühlen Quelle,
Da macht' er endlich Halt;
Gezieret war die Stelle
Mit Blumen mannigfalt.
Hier dacht er sich zu legen
Zu einem Mittagsschlaf,
Da rauscht' es in den Hägen,
Und stand vor ihm der Graf.

Da hub er an zu schelten:
„Treff' ich den Nachbar hie?
Zu Hause weilt er selten,
Zu Hofe kommt er nie:
Man muß im Walde streifen,
Wenn man ihn fahen will,
Man muß ihn tapfer greifen,
Sonst hält er nirgend still."

Als drauf ohn alle Fährde
Der Graf sich niederließ
Und neben in die Erde
Die Jägerstange stieß,
Da griff mit beiden Händen
Der Kaiser nach dem Schaft:
„Den Spieß muß ich mir pfänden,
Ich nehm ihn mir zur Haft.

Der Spieß ist mir verfangen,
Des ich so lang begehrt,
Du sollst dafür empfangen

Hier dies mein bestes Pferd.
Nicht schweifen im Gewälde
Darf mir ein solcher Mann,
Der mir zu Hof und Felde
Viel besser dienen kann."

„Herr Kaiser, wollt vergeben!
Ihr macht das Herz mir schwer.
Laßt mir mein freies Leben
Und laßt mir meinen Speer!
Ein Pferd hab' ich schon eigen,
Für Eures sag ich Dank;
Zu Rosse will ich steigen,
Bin ich mal alt und krank."

„Mit dir ist nicht zu streiten,
Du bist mir allzu stolz,
Doch führst du an der Seiten
Ein Trinkgefäß von Holz:
Nun macht die Jagd mich dürsten,
Drum tu mir das, Gesell,
Und gib mir eins zu bürsten
Aus diesem Wasserquell!"

Der Graf hat sich erhoben,
Er schwenkt den Becher klar,
Er füllt ihn an bis oben,
Hält ihn dem Kaiser dar.
Der schlürft mit vollen Zügen
Den kühlen Trank hinein
Und zeigt ein solch Vergnügen,
Als wär's der beste Wein.

Dann faßt der schlaue Zecher
Den Grafen bei der Hand:
„Du schwenktest mir den Becher
Und fülltest ihn zum Rand,
Du hieltest mir zum Munde
Das labende Getränk:
Du bist von dieser Stunde
Des deutschen Reiches Schenk!"

Das Singental

Der Herzog tief im Walde
Am Fuß der Eiche saß,
Als singend an der Halde
Ein Mägdlein Beeren las.
Erdbeeren, kühl und duftig,
Bot sie dem greisen Mann,
Doch ihn umschwebte luftig
Noch stets der Töne Bann.

„Mit deinem hellen Liede",
So sprach er, „feine Magd!
Kam über mich der Friede
Nach mancher stürm'schen Jagd.
Die Beeren, die du bringest,
Erfrischen wohl den Gaum,
Doch singe mehr! du singest
Die Seel in heitern Traum.

Ertönt an dieser Eiche
Mein Horn von Elfenbein,
In seines Schalls Bereiche
Ist all das Waldtal mein;

So weit von jener Birke
Dein Lied erklingt rundum,
Geb ich im Talbezirke
Dir Erb und Eigentum."

Noch einmal blies der Alte
Sein Horn ins Tal hinaus,
In ferner Felsenspalte
Verklang's wie Sturmgebraus:
Dann sang vom Birkenhügel
Des Mägdleins süßer Mund,
Als rauschten Engelflügel
Ob all dem stillen Grund.

Er legt in ihre Hände
Den Siegelring zum Pfand:
„Mein Waidwerk hat ein Ende,
Vergabt ist dir das Land."
Da nickt ihm Dank die Holde
Und eilet froh waldaus,
Sie trägt im Ring von Golde
Den frischen Erdbeerstrauß. -

Als noch des Hornes Brausen
Gebot mit finstrer Macht,
Da sah man Eber hausen
In tiefer Waldesnacht;
Laut bellte dort die Meute,
Vor der die Hindin floh,
Und fiel die blut'ge Beute,
Erscholl ein wild Halloh.

Doch seit des Mägdleins Singen
Ist ringsum Wiesengrün,
Die muntern Lämmer springen,
Die Kirschenhaine blühn;
Festreigen wird geschlungen
Im goldnen Frühlingsstrahl;
Und weil das Tal ersungen,
So heißt es Singental.

Des Sängers Fluch

Es stand in alten Zeiten ein Schloß so hoch und hehr,
Weit glänzt' es über die Lande bis an das blaue Meer,
Und rings von duft'gen Gärten ein blütenreicher Kranz,
Drin sprangen frische Brunnen in Regenbogenglanz.

Dort saß ein stolzer König, an Land und Siegen reich,
Er saß auf seinem Throne so finster und so bleich;
Denn was er sinnt, ist Schrecken, und was er blickt, ist Wut,
Und was er spricht, ist Geißel, und was er schreibt, ist Blut.

Einst zog nach diesem Schlosse ein edles Sängerpaar,
Der ein' in goldnen Locken, der andre grau von Haar;
Der Alte mit der Harfe, der saß auf schmuckem Roß,
Es schritt ihm frisch zur Seite der blühende Genoß.

Der Alte sprach zum Jungen: „Nun sei bereit, mein Sohn!
Denk unsrer tiefsten Lieder, stimm an den vollsten Ton!
Nimm alle Kraft zusammen, die Lust und auch den Schmerz!
Es gilt uns heut, zu rühren des Königs steinern Herz."

Schon stehn die beiden Sänger im hohen Säulensaal,
Und auf dem Throne sitzen der König und sein Gemahl;
Der König furchtbar prächtig, wie blut'ger Nordlichtschein,
Die Königin süß und milde, als blickte Vollmond drein.

Da schlug der Greis die Saiten, er schlug sie wundervoll,
Daß reicher, immer reicher der Klang zum Ohre schwoll,
Dann strömte himmlisch helle des Jünglings Stimme vor,
Des Alten Sang dazwischen wie dumpfer Geisterchor.

Sie singen von Lenz und Liebe, von sel'ger goldner Zeit,
Von Freiheit, Männerwürde, von Treu und Heiligkeit;
Sie singen von allem Süßen, was Menschenbrust durchbebt,
Sie singen von allem Hohen, was Menschenherz erhebt.

Die Höflingsschar im Kreise verlernet jeden Spott,
Des Königs trotz'ge Krieger, sie beugen sich vor Gott,
Die Königin, zerflossen in Wehmut und in Lust,
Sie wirft den Sängern nieder die Rose von ihrer Brust.

„Ihr habt mein Volk verführet, verlockt ihr nun mein Weib?"
Der König schreit es wütend, er bebt am ganzen Leib,
Er wirft sein Schwert, das blitzend des Jünglings Brust durchdringt,
Draus statt der goldnen Lieder ein Blutstrahl hoch aufspringt.

Und wie vom Sturm zerstoben ist all der Hörer Schwarm,
Der Jüngling hat verröchelt in seines Meisters Arm,
Der schlägt um ihn den Mantel und setzt ihn auf das Roß,
Er bind't ihn aufrecht feste, verläßt mit ihm das Schloß.

Doch vor dem hohen Tore, da hält der Sängergreis,
Da faßt er seine Harfe, sie aller Harfen Preis,
An einer Marmorsäule, da hat er sie zerschellt,
Dann ruft er, daß es schaurig durch Schloß und Gärten gellt:

„Weh euch, ihr stolzen Hallen! nie töne süßer Klang
Durch eure Räume wieder, nie Saite noch Gesang,
Nein! Seufzer nur und Stöhnen und scheuer Sklavenschritt,

Bis euch zu Schutt und Moder der Rachegeist zertritt!

Weh euch, ihr duft'gen Gärten im holden Maienlicht!
Euch zeig ich dieses Toten entstelltes Angesicht,
Daß ihr darob verdorret, daß jeder Quell versiegt,
Daß ihr in künft'gen Tagen versteint, verödet liegt.

Weh dir, verruchter Mörder! du Fluch des Sängertums!
Umsonst sei all dein Ringen nach Kränzen blut'gen Ruhms,
Dein Name sei vergessen, in ew'ge Nacht getaucht,
Sei wie ein letztes Röcheln in leere Luft verhaucht!"

Der Alte hat's gerufen, der Himmel hat's gehört,
Die Mauern liegen nieder, die Hallen sind zerstört,
Noch eine hohe Säule zeugt von verschwundner Pracht,
Auch diese, schon geborsten, kann stürzen über Nacht.

Und rings statt duft'ger Gärten ein ödes Heideland,
Kein Baum verstreuet Schatten, kein Quell durchdringt den Sand,
Des Königs Namen meldet kein Lied, kein Heldenbuch;
Versunken und vergessen! das ist des Sängers Fluch.

Die versunkene Krone

Da droben auf dem Hügel,
Da steht ein kleines Haus,
Man sieht von seiner Schwelle
Ins schöne Land hinaus;
Dort sitzt ein freier Bauer
Am Abend auf der Bank,
Er dengelt seine Sense
Und singt dem Himmel Dank.

Da drunten in dem Grunde,
Da dämmert längst der Teich,
Es liegt in ihm versunken
Eine Krone, stolz und reich.
Sie läßt zu Nacht wohl spielen
Karfunkel und Saphir;
Sie liegt seit grauen Jahren,
Und niemand sucht nach ihr.

Die verlorene Kirche

Man höret oft im fernen Wald
Von obenher ein dumpfes Läuten,
Doch niemand weiß, von wann es hallt,
Und kaum die Sage kann es deuten.
Von der verlornen Kirche soll
Der Klang ertönen mit den Winden;
Einst war der Pfad von Wallern voll,
Nun weiß ihn keiner mehr zu finden.

Jüngst ging ich in dem Walde weit,
Wo kein betretner Steig sich dehnet,

Aus der Verderbnis dieser Zeit
Hatt ich zu Gott mich hingesehnet.
Wo in der Wildnis alles schwieg,
Vernahm ich das Geläute wieder,
Je höher meine Sehnsucht stieg,
Je näher, voller klang es nieder.

Mein Geist war so in sich gekehrt,
Mein Sinn vom Klange hingenommen,
Daß mir es immer unerklärt,
Wie ich so hoch hinaufgekommen.
Mir schien es mehr denn hundert Jahr,
Daß ich so hingeträumet hätte,
Als über Nebeln, sonneklar,
Sich öffnet' eine freie Stätte.
Der Himmel war so dunkelblau,
Die Sonne war so voll und glühend,
Und eines Münsters stolzer Bau
Stand in dem goldnen Lichte blühend.
Mir dünkten helle Wolken ihn,
Gleich Fittigen, emporzuheben,
Und seines Turmes Spitze schien
Im sel'gen Himmel zu verschweben.

Der Glocke wonnevoller Klang
Ertönte schütternd in dem Turme,
Doch zog nicht Menschenhand den Strang,
Sie ward bewegt von heil'gem Sturme.
Mir war's, derselbe Sturm und Strom
Hätt an mein klopfend Herz geschlagen;
So trat ich in den hohen Dom
Mit schwankem Schritt und freud'gem Zagen.

Wie mir in jenen Hallen war,
Das kann ich nicht mit Worten schildern.
Die Fenster glühten dunkelklar
Mit aller Märtrer frommen Bildern;
Dann sah ich, wundersam erhellt,
Das Bild zum Leben sich erweitern,
Ich sah hinaus in eine Welt
Von heil'gen Frauen, Gottesstreitern.

Ich kniete nieder am Altar,
Von Lieb und Andacht ganz durchstrahlet.
Hoch oben an der Decke war
Des Himmels Glorie gemalet;
Doch als ich wieder sah empor,
Da war gesprengt der Kuppel Bogen,
Geöffnet war des Himmels Tor
Und jede Hülle weggezogen.

Was ich für Herrlichkeit geschaut
Mit still anbetendem Erstaunen,
Was ich gehört für sel'gen Laut
Als Orgel mehr und als Posaunen,
Das steht nicht in der Worte Macht,
Doch wer darnach sich treulich sehnet,
Der nehme des Geläutes acht,
Das in dem Walde dumpf ertönet!

Diese Zusammenstellung Uhlandscher Gedichte orientiert sich an der „Ausgabe letzter Hand“ bei Fröschle und Scheffler. Den „Liedern“ angefügt wurden „Die Neige“ und „Auf den Tod eines Kindes“ (Gedichte aus dem Nachlaß), „Tells Platte“, „Märznacht“, „Auf den Tod eines Landgeistlichen“ und „Auf die Reise“ aus den Sinngedichten, „An den Unsichtbaren“ aus den Sonetten und „Württemberg“ aus den „Vaterländischen Gedichten“.

Ludwig Uhland

Ist es bei engem räumlichem Rahmen nicht schade um jede Zeile, die eine Einführung zu einer kleinen Auswahl Uhlandscher Gedichte beansprucht? Noch vor wenigen Jahrzehnten wäre diese Frage zu bejahen gewesen. Uhland war in breiten Kreisen gegenwärtig wie nur wenige andere deutsche Dichter, Generationen hindurch. In den Schullesebüchern nahmen seine Gedichte einen festen Platz ein. Noch in den vierziger Jahren lernten wir im Deutschunterricht von ihm so viele Gedichte auswendig wie von keinem anderen Dichter und lasen „sogar" mit verteilten Rollen sein Schauspiel „Ernst, Herzog von Schwaben".

Das hat sich innerhalb kurzer Zeit so ganz und gar zuungunsten Uhlands geändert, dass Ausführungen über sein Leben und Wirken unerlässlich erscheinen. Wohl sind auch in neuer und neuester Zeit Schriften über Uhland und Ausgaben seiner Werke erschienen, darunter die mustergültige mehrbändige von Hartmut Fröschle und Walter Scheffler (1980-84), eine zweibändige Ausgabe von Hans Rüdiger Schwab (1983), dessen Auswahl von 1987, das Marbacher Magazin 2/1987 (2. Aufl. 1998) sowie Fröschles umfassendes Werk „Ludwig Uhland und die Romantik" (1973), sicher das Gewichtigste, was über Uhland in den letzten Jahrzehnten verfasst worden ist. Aber in den Schulen, selbst seiner württembergischen Heimat, wird Uhland weitgehend totgeschwiegen und gerade bei den Schulen liegt ein wichtiger Schlüssel für Fortleben oder Vergessenwerden eines Dichters. „Uhland? Ach ja, da gibt es Straßen, die nach einer Person solchen

Ludwig Uhland zur Zeit des württembergischen Verfassungstreites
Ölgemälde von Wilhelm Morff, 1818

Namens heißen." So und ähnlich lauteten die Antworten auf meine Frage nach Uhland an eine ganze Anzahl von Studenten. Zu seinem 200. Geburtstag (1987) brachte die damalige DDR eine Briefmarke heraus; die Bundespost fand ihn dessen nicht würdig - so lautete ziemlich unverblümt die Antwort auf eine Anfrage.

Ein eindrucksvolles Beispiel berichtete mir ein Tübinger Stadtführer. In den achtziger Jahren hatte er eine Wiener Seniorengruppe am Tübinger Bahnhof abgeholt. Wer denn das sei, der da so stattlich auf dem Sockel stehe? „Den werden Sie kaum kennen, es ist der Tübinger Dichter Ludwig Uhland". Aber da erhob sich Protest! „Und ob wir den kennen!" Die älteren Herrschaften stellten sich im Kreis um das Denkmal, sangen alle drei Strophen der „Kapelle" und zum Schluss trat einer der Wiener hervor und deklamierte die „Schwäbische Kunde", „Als Kaiser Rotbart lobesam zum Heil'gen Land gezogen kam..." Bald danach kam eine norddeutsche Abiturientenklasse mit einem jungen Germanisten als Lehrer bei einer Führung am Denkmal vorbei. Niemandem sagte der Name „Uhland" etwas. Eine Mißachtung, ein Totschweigen, das geradezu abwegig erscheint, wenn man seine Werke kennen lernt!

Lassen wir Uhlands Leben kurz vorüberziehen! In Tübingen als Sohn eines Universitätssekretärs - das war eine achtbare Stellung - 1787 geboren, wird der Spross des Bildungsbürgertums schon mit 14 Jahren an der allgemeinbildenden Artistenfakultät der Universität eingeschrieben. Mit 18 begann er mit dem Jurastudium. Es entsteht der Freundeskreis

der „Tübinger Romantik“, aus dem manche lebenslängliche Freundschaftsbündnisse hervorgehen, u.a. mit dem Mediziner Justinus Kerner und dem Juristen Karl Mayer. Später schloss sich der mehrere Jahre jüngere Theologe Gustav Schwab Uhland eng an. „Anfangs sind wir fast zu kläglich“ charakterisiert Uhland selbstironisch in dem als Gedicht gehaltenen Vorwort der ersten Auflage seiner Gedichte die frühesten, noch wenig selbständigen Produkte seiner Muse. Doch schon in sehr jugendlichem Alter entstehen eine ganze Reihe von Gedichten, die zu seinen bekanntesten gehören. Wer sollte denken, dass „Droben stehet die Kapelle“ von einem Achtzehnjährigen stammt? Auch in „Schäfers Sonntagslied“ und „Der König auf dem Turme“, beide ebenfalls 1805 entstanden, „gelingt ihm jene prägnante verdichtende Kürze, die bezeichnend für den Lyriker Uhland wird“[1]. Der eben erschienenen Volksliedersammlung „Des Knaben Wunderhorn“ von Achim von Arnim und Clemens Brentano, August Wilhelm Schlegel, Ludwig Tieck, in geringem Maße auch Novalis, verdankt der frühe Uhland Anregungen.
1810 schließt Uhland das Studium mit der Promotion zum Dr. jur. ab und begibt sich auf eine fast dreivierteljährige Bildungsreise nach Paris, wo er juristische und vor allem literarische Studien betreibt. Er lernt dort Adelbert von Chamisso kennen, der über ihn äußerte, nach Goethe habe ihn kein Dichter so angeregt. „Es gibt sehr vortreffliche Gedichte, die, möcht’ ich sagen, jeder

1) Fröschle: „Ludwig Uhland und die Romantik“, S.61

schreibt und keiner liest... andere wiederum, die keiner schreibt und jeder liest, und von dieser Gattung sind die Uhlandischen."

Nun folgen Jahre ungeliebter juristischer Tätigkeit, kurze Zeit als Advokat in Tübingen, dann als unbezahlter 2. Sekretär des Justizministers, schließlich als freier Advokat in Stuttgart. Es beginnt Uhlands politische Tätigkeit, sein Einsatz für das „alte gute Recht", das König Friedrich suspendiert hatte.

Mit den „Vaterländischen Gedichten" stellt er die Dichtkunst in den Dienst der politischen Überzeugung - 1819 wird Uhland Abgeordneter des Oberamts Tübingen für die verfassungsgebende Versammlung. Bei den Feierlichkeiten zu ihrem Abschluss findet eine Festaufführung seines Dramas „Ernst, Herzog von Schwaben" statt. Es ist neben „Ludwig der Baier" das gewichtigste Ergebnis von *Uhlands Bemühungen um das Drama*, von dem ferner eine ganze Reihe von Fragmenten und Entwürfen zeugen.

Im Landtag vertritt Uhland bis 1826 das Oberamt Tübingen. Er wandte sich gegen eine spezielle Adelskammer, gegen die Todesstrafe und plädiert für Pressefreiheit. 1820 heiratet er in der Stuttgarter Hospitalkirche Emilie Vischer, die ihn um bald 20 Jahre überlebt und ein schönes Erinnerungsbuch verfasst hat.

Behielt Goethe recht, wenn er gegenüber Johann Peter Eckermann die Vermutung ausspricht, der Politiker werde den Poeten aufzehren? Nachdem die erste selbständige Ausgabe seiner Gedichte bereits 1815 einen beträchtlichen Teil seiner bekanntesten Schöpfungen enthalten hatte, geriet jedenfalls gegen Ende des Jahrzehnts sein Dichten ins Stocken. Im „Marbacher Magazin“ zur Erinnerung an die Revolution 1848/9 findet sich eine Abbildung des Titelblatts der Gedichtsausgabe mit der treffenden Unterschrift: „Erstausgabe eines Jahrhundertbestsellers“. In kurzen Abständen folgt viele Jahre hindurch Auflage um Auflage. „Sein wunderbares Schicksal wurde es, ein Stück Volksbesitz zu werden wie kaum ein anderer deutscher Dichter, so sehr, dass man sich ‚den Deutschen‘ ohne ein Stück Uhland gar nicht vorstellen kann“, schrieb Theodor Heuss 1961. 1829 und 1834 erlebte Uhlands Dichten nochmals kurze Blütezeiten. Damals entstand eine Reihe seiner bedeutendsten Schöpfungen, wie „Bertran de Born“, „Der Mohn“, „Die Malve“, „Die Bidassoabrücke“, „Münstersage“, „Das Singental“, „Ver sacrum“, „Merlin der Wilde“, „Die versunkene Krone“, „Das Glück von Edenhall“. „In einer ganzen Reihe seiner späten Gedichte beweist Uhland, der sich von 1805 an bewusst und erfolgreich auf den ‚Volksmann‘, den Verfasser allgemeinverständlicher, volkstümlicher Lyrik hin stilisiert hatte, dass er auch über artistischere Töne verfügt[2]“

1830 zog Uhland wieder in seine Vaterstadt Tübingen. Aus dem Juristen war nämlich ein Professor für deutsche Sprache und Literatur geworden. Er las über literarische und sagengeschichtliche Themen und hielt als Übung ein

2) Fröschle, a.a.O, S. 99f.

„Stilistikum“. Das wäre seine ideale Lebensstellung gewesen, aber er wird wieder in den Landtag gewählt und die notwendige Freistellung von der Professur wird ihm verweigert. Uhland bleibt seinen Wählern treu und reicht, sicher sehr schweren Herzens, um seine Entlassung ein, die ihm gewährt wird, versehen mit einer beleidigenden Bemerkung König Wilhelms I.
1848 erging ein neuer Ruf aus dem Volk an den Politiker Uhland, wenn man ihn denn beim Gedanken an die Manager-Politiker von heute überhaupt so nennen soll. Der Wahlkreis Tübingen-Rottenburg wählt ihn zu seinem Abgeordneten in die Frankfurter Paulskirchen-Nationalversammlung. Dort sprach der sonst oft so zurückhaltende, schwerfällige Mann in berühmt gewordenen Reden

Die württembergische Abgeordnetenkammer in Stuttgart, 1833. In der Mitte des Bildes, mit seitwärts gewandtem Kopf, Ludwig Uhland
Lithographie im Schiller Nationalmuseum

mit glühenden Worten gegen ein Erbkaisertum und gegen einen Ausschluss Österreichs, ohne das er sich, ähnlich wie sein Freund Kerner, Deutschland nicht vorstellen konnte.

Mit dem Rumpfparlament wich er 1849 nach Stuttgart aus. Dann zog er enttäuscht wieder nach Tübingen und führte fortan das Leben eines Privatgelehrten, betrieb weiter sagenkundliche und literaturgeschichtliche Studien, nachdem er bereits 1822 ein Werk über Walther von der Vogelweide, 1836 den „Mythos vom Thor" und 1844/5 eine Volksliedsammlung herausgebracht hatte. In der Geschichte der frühen Germanistik nimmt er einen ehrenvollen Platz ein. Nicht wenige Vorhaben bleiben freilich unvollendet oder unausgeführt. Manches wurde erst posthum veröffentlicht. Zusammen mit Gustav Schwab gab Uhland 1826 eine erste Sammlung von Gedichten Hölderlins heraus.

Uhland war ein rüstiger Wanderer. Tief wurzelte er in seiner Heimatstadt Tübingen und in deren umgebender Landschaft. Aber er ging gerne auf Reisen, die oft mit Bibliotheksbesuchen verbunden waren. Manche bekannte Persönlichkeit lernte er kennen, sei es in Stuttgart oder Tübingen, sei es auf seinen Reisen, von seinen schwäbischen Landsleuten abgesehen z.B. die Dichter Jean Paul, Friedrich Rückert, Ernst Moritz Arndt, Franz Grillparzer, A.W. Schlegel, Ludwig Tieck, Achim von Arnim, Hoffmann von Fallersleben, Graf Platen, die Brüder Stöber aus dem Elsass, schon in der Studienzeit den Schriftsteller Karl August Varnhagen von Ense. Regen Verkehr pflegte er mit dem

bedeutenden Erforscher altdeutscher Literatur Freiherr von Laßberg, Besitzer der Meersburg.
Uhland erfuhr viele Ehrungen; eine Bremer Werft hat sogar das größte deutsche Passagierschiff nach ihm benannt. Ungezählte Persönlichkeiten priesen ihn als Dichter wie als Mensch, auch politisch ganz anders eingestellte wie z.B. der Historiker Heinrich von Treitschke. In Bismarcks Schlafzimmer hing ein Bild Uhlands. Was aber mag er empfunden haben, als der dichterische Quell, der in jungen Jahren so reich geflossen war, fast ganz versiegte? Doch er fand Trost: „Das Lied, es mag am Lebensabend schweigen, sieht nur der Geist dann heil'ge Sterne steigen."
Als Uhland 1862 starb, wurde dies ein Trauertag für zahllose Deutsche; schier endlos war der Zug zum Tübinger Stadtfriedhof.
Mag man Uhland früher überschätzt haben - gewiss wird er heute unterschätzt. Ohne Zweifel gehört er zu den bedeutendsten Balladendichtern deutscher Zunge. „Als Balladendichter markiert er einen Wendepunkt in der deutschen Literaturgeschichte und steht am Anfang einer reichen Untergattung, die auf ihn zurückgeht: der historischen Ballade"[3]. Der Umfang seiner Lyrik blieb schmal, aber es finden sich Perlen darunter. Siebzig Mal sollen „Die linden Lüfte" vertont worden sein. „Nicht das Fernliegende, Ungewöhnliche, äußerlich ‚Romantische' wie andere Romantiker es gerne darstellen, lassen ihn das Unendliche hinter der Wirklichkeit ahnen, sondern das Schlichte, Einfache und Stille...

3) Fröschle, a.a.O.,S. 74

Dieses Ideal ahnungsvoll hintergründiger Schlichtheit sieht Uhland besonders im Volkslied verkörpert; deshalb liebt er in der Lyrik das Volkslied vor allen anderen Gattungen, eignet sich seinen Geist und seine Form an und schafft Lieder, die den Volkston ...in vollkommener, künstlich sublimierter Weise verwirklichen".[4]

Zum Schluss ein paar Aussagen von Dichterkollegen über Uhlands zurückhaltendes, wortkarges, aber lauteres Wesen und über seine Dichtkunst.

Ergötzlich ein Bericht der ostpreußischen Schriftstellerin Fanny Lewald in Erinnerungen aus dem Jahre 1848: „Wir waren überrascht, die Erscheinung dieses großen Dichters so gewöhnlich, nein, eigentlich so ungewöhnlich unschön zu finden. Die groben Gesichtsformen und der ganz kahle, spitze Schädel stehen in starkem Gegensatze zu der Zartheit und Kraft seiner Werke, nur sein hellblaues Auge leuchtet in schönem Licht und sieht geistvoll und klar in die Welt. Eine junge Dame, welche sich neben uns befand und seit Jahren ein selbstgeschaffenes Bild des trefflichen Mannes in der Seele tragen mochte, rief, als man ihr Uhland zeigte, mit komischem Erschrecken: ‚Das soll Uhland sein? Ach *der* hat seine Gedichte gar nicht gemacht!'"

Aus der selben Zeit stammt die Äußerung des Schriftstellers und Dramatikers Karl Laube, Abgeordneter im Paulskirchenparlament wie Uhland: „In der Paulskirche hörte man oft die Klage, dass Uhland durch seine öffentliche Erscheinung

4) Fröschle,a.a.O., S. 70

beim Parlament die schöne Illusion zerstört habe, welche man vom Dichter Uhland gehegt. Für mich hat er sie eher erhöht. Dass er ein rötliches, unbehagliches Anlitz hat, was tut denn das einer Illusion, die den Poeten doch nicht zum Frauenzimmer machen will.“

Bei ihrem Schwager, dem Freiherrn von Laßberg, hatte Annette von Droste-Hülshoff unseren Dichter kennen gelernt: „Was ist das für ein gutes schüchternes Männchen“, war ihr erster Eindruck... „Uhland, dessen Äußeres keineswegs vorteilhaft ist und der doch gefällt... durch große Bescheidenheit, Einfachheit und einen überwiegenden Zug von Güte, sonst ist er hässlich, seine Gestalt stämmig, fast gemein, feuerrotes Gesicht, und dazu stammelt er, was ihn so verlegen macht, dass er zuweilen aus Angst von einem Fuße auf den andern springt, aber plötzlich fährt ein geistiges Blitzen über sein Gesicht oder ein unbeschreiblicher Zug von Milde.“

Es ließen sich solcherlei Schilderungen von Uhlands äußerer Erscheinung vor dem Hintergrund hoher Wertschätzung noch lange fortsetzen. Nun aber noch einige Urteile von Kollegen über den Dichter Uhland, wobei ich auch auf die schon zitierten Äußerungen von A. von Chamisso und von Theodor Heuss verweisen darf. Für Franz Grillparzer ist Uhland geradezu der „letzte deutsche Dichter“. Heinrich Heine nimmt in seinem „Schwabenspiegel“ „den großen Dichter“, „den trefflichen Sänger“ von seiner scharfen Kritik aus. „Er ist der Stolz des glücklichen Schwabenlandes und alle Genossen deutscher Zunge erfreuen sich dieses edlen Sängermütes“, meint er in seiner „Romantischen Schule“. Unter dem Titel: „Was soll ich lesen?“ stellte Theodor Fontane eine knappe Auswahl ihm besonders wertvoll erscheinender Literatur zusammen. „Alles - mit Ausnahme der Stücke“ nennt sie von Uhland. Überschwenglich hatte Friedrich Hebbel Uhland in jungen Jahren verehrt. Dessen Kargheit im persönlichen und brieflichen Verkehr enttäuschte ihn dann schwer und er distanzierte sich später von ihm, schrieb aber auf die Nachricht von Uhlands Tod: „Der einzige Dichter, von dem ich ganz gewiss weiß, dass er auf die Nachwelt kommt, nicht als Name, sondern als fortwirkende, lebendige Persönlichkeit.“

„In Uhland culminiert die romantische Lyrik. Nicht nur, dass er die zerstreuten Klänge, die Tieck einst zum Teil noch wirr und formlos angeschlagen, erst zum wirklichen Liede gemacht... Fast alle Elemente der Romantik tönt seine Poesie wie zum Abschiedsgruße noch einmal aus; ja, was die Andern nur mystisch anzudeuten gewusst: das Geheimnisvolle der Natur, diese wunderbaren Stimmen einer unsichtbaren Welt, sind bei ihm zu lebendigem Wort und Bild geworden. Auch das Heimweh der Romantik geht noch durch diese Lieder.... Alles Menschlichschöne endlich: Liebe, Freundschaft, Tapferkeit, Treue begrüßt uns hier in dem milden Lichte eine höheren Auffassung, die auch das Alltägliche wunderbar macht“ (Joseph von Eichendorff).

Hans Mattern

ALPHABETISCHES VERZEICHNIS DER GEDICHTANFÄNGE

ALPHABETISCHES VERZEICHNIS DER GEDICHTÜBERSCHRIFTEN

Dichterkreis bei Justinus Kerner in Weinsberg. Von links nach rechts: Theobald Kerner, Lenau, Schwab, Graf Alexander von Württemberg, Mayer, Kerner, Rickele Kerner, Uhland, Varnhagen
Ölgemälde von Heinrich von Rustige

Baier Verlag, 74551 Crailsheim
Satz: Hansjörg Wirth
ISBN 3-929233-58-4